俳句で
ヨーロッパ

大塚秀夫

創英社／三省堂書店

序

　ＥＵができて、ヨーロッパという地名も、ユーロという通貨単位も、未来永劫の重要単語になったようだが、ヨーロッパの言葉の起源は、その昔、フェニキア王の娘エウローペに恋した主神ゼウスが、白い牡牛に変身して、彼女を背中に乗せてクレタ島まで連れ去った神話に由来するらしい。

　領土も、国土も、女も、ギリシャの神々の知恵と力で、融通無碍に取り引きされていたわけだ。

　われわれが、ヨーロッパの中を、端から端まで、旅して回っても、同じ地域に留まっている気分でおられるのは、お札からコインまで、共通な通貨が使えることも大きいし、田舎のちょっとしたバーで、安くてうまいワインにありつけるのも理由のひとつだろう。しかし、自分で気がつかない、もっと生理学的なものに影響されていることをも、指摘しておきたい。

　それは、ギリシャ・ローマ時代の文化が、二千年の歴史を越えて、この地方に深く浸透し、その輝かしい光彩が、訪問者を捉えて放さないことだ。

スペインのセゴビアで、町中に立つ、巨大なローマの水道橋を見た人は、いずれ、南仏で、「万緑」の中を水が走る、壮大なモニュメント、「ポン・デュ・ガール」にもう一度驚かされることになるだろう。水源地からの勾配設計一つを取っても、これらの施設が、単なる前任者のコピーとして作られたのでないことが分かる。

カラカラ帝のときにできたローマの大浴場は、同種のものが、イギリスのバース、チェスター、ドイツのトリアなど、枚挙に暇がないほど残っていて、しかも、それぞれに、設計者の個性が溢れている。

フランスのオランジェで古代劇場を見たときも、アウグストスの像に向けて、ローマ市民のどよめきと拍手が伝わってくる興奮を覚えた。

これら古代遺産の総決算が、ナポリ近郊のポンペイである。

紀元七十九年、ヴェスビオス火山の大爆発で、ポンペイの町は、火山灰の下に埋没し、十八世紀に発掘が始まるまで、長い眠りについていた。現在はほぼ発掘も終わり、ローマ時代のままの町の全貌がわれわれの目の前に出現している。

酒場にしろ、パン屋にしろ、当時の人々が、いかに平和に、いかに豊かに生活していたかが、リアルタイムで展示されている。ポンペイでお昼時になったとき、中央部にある小綺麗なレストランに入って、パスタを注文した。パスタがあんまりうまかったので、支配人にチップを渡す折、ひとことお世辞を言った。

「シーザーもうまいと言ったでしょう?」支配人は大きく頷いた。

「ハイ、この間は、クリントンにもお褒めいただきました」

退職の記念にと一度のつもりで、ヨーロッパに出かけたはずが、ヨーロッパの魅力に抗し得ず、二十四カ国を訪ねる結果になった。安上がりにまとめるのがノウハウと言っているうち、もう少し知的なノウハウがないかと思い、二度目のイタリア旅行から、ヨーロッパの絶景を、俳句の吟行に見立てて、下手な句作をするようになった。

二、三挙げてみよう。

（ヴェネチアにて）

・ゴンドラの波に蟋蟀溺れおり

（サンジミニャーノにて）

・去りがたし古塔の上に秋の雲

（ポンペイにて）

・悠久の廃墟の空に蜻蛉飛ぶ

二年ほど前から外国の旅は中断している。年のせいでもあるが、テレビでこれだけ旅行の番組がふえると、茶の間でゆっくりテレビ番組を視聴させてもらうのも悪くない。私自身の旅の思い出もメモ帳から取り出して整理した。気軽に書いて気軽に読んでもらえればそれに越したことはない。

・ヨーロッパ背中に乗せて神の旅

・オリンポス主神は雷を撒き散らし

目次

アイルランド　タラの丘

・万緑に歴史は重きタラの丘
・秋の馬連れて故郷へ帰る道

アイルランドのタラにも、スカーレットの邸宅を思わせる豪邸がある

タラは、古代ケルトの聖地で、年中、王の選出や祝祭、馬市などが行なわれた。映画「風と共に去りぬ」でも、祖父の移住したアメリカの新天地はタラと名づけられ、常にスカーレットの心のより所になっていた

アイルランド　古墳

・冬至の日古墳の光秘密解き
・星月夜古墳はケルトの宇宙基地

ボイン川流域の古代古墳群の中で最も大きく有名なのがニューグレンジである。紀元前3千年頃に建造されたもので、天文施設とする説と巨大な墓所とする説がある

アイルランド アラン島

・石を掘り若布《わかめ》を敷きて畑造る
・激流にカラハのボート網を打ち

アラン島の荒地。それでも牛は食欲旺盛

木組みに布地を張りタールを塗ったのがカラハと呼ばれる簡易な漁船。漁民は命がけで漁に出た

アイルランド　羊

・路上ストどうか羊毛刈らないで
・草いきれ羊も好みの場所があり

アイルランド　妖精

・妖精の通る気配や花揺れる
・妖精が3D見てゐる蕗の陰

妖精の存在を信じるアイルランドでは妖精の通路に信号まで設けている

アイルランド　ケルト

・緑陰やケルトの絵本はハイクロス
・丘越えてフクシャの花が咲き乱れ

クロンマックノイズにあるアイルランドのシンボル、ハイクロス。聖人は石柱に刻まれた絵でケルト人に説教した

ケルト人の好きだった赤い花フクシャ

アイルランド　キラーニー

・英人もリバーダンスに大拍手
・貴婦人の白き日傘が見え隠れ

地元女性のリバーダンス

湖と草原が美しい「貴婦人の眺め」

アイルランド　映画「静かなる男」

・青踏みて義兄の顔にストレート
・昼寝起話の続きもジョンウェイン

コングの石橋で昔の故郷を思い出す

コーヒー・ショップの名前も「静かなる男」

ジョン・フォード監督は故郷アイルランドのコングに一家のスタッフを連れて里帰り。長期間古城ホテルに滞在してロケを敢行、名作「静かなる男」を完成させた。この年三度目のアカデミー監督賞も取得した
ジョン・ウェイン演じるアメリカ帰りのボクサーが村娘のモーリン・オハラに恋をするが、頑固な彼女の兄に反対され遂に堪忍袋の緒を切って大格闘となる。村人総出演だったため今もこの映画の思い出に生きる老人たちがいる

下・今はゴルフ場まで付属している古城ホテル・アッシュフォード

イギリス　バッキンガム

・バッキンガムお上りさんが春運ぶ
・衛兵の交替近し風光る

騎馬の衛兵・ホースガード

ロンドン塔の衛兵

ロンドン塔の衛兵を「ビーフイーター」と呼ぶことは、昔漱石の同名の小説を読んで初めて知った。たった一回ロンドン塔に行っただけの文豪が、こともなげに「ビーフイーター」と紹介したものだから、背筋が寒くなった。処刑の多いロンドン塔のことだからもっと残酷な意味が含まれていると思ったが、その点は、衛兵の給料が牛肉で支払われたということに由来するそうでほっとした

イギリス　ロンドン

・ビッグベン霧に長針突きを入れ
・弧を描く春風杖で払ひ分け

国会議事堂の大時計ビッグベン

イギリス紳士の散歩道リージェント通り

イギリス　ロンドンのミュージカル

・オペラ座の地下に巣くふやすがれ虫
・ロンドンでキャッツを見たり猫の恋

ロングランの「オペラ座の怪人」

「メモリー」の歌とともに「キャッツ」も続演

イギリス　ミステリー

・島すべて密室になる夏の夜
・無月の夜魔犬が森へ忍び寄り

アガサ・クリスティが長期滞在して「そして誰もいなくなった」や「白昼の悪魔」を執筆したバーアイランドホテル

ホテルに付属した海浜プール

シャーロック・ホームズの「バスカヴィルの犬」に出てくるコーンウォールの沼地

ホームズの助手ワトソン博士が泊まったとされるマナーハウス

イギリス　湖水地方

・野水仙桂冠詩人の住まひ跡
・ピーターと目と目合はせる草若葉
・午後のお茶サロンの人の春衣装

ワーズワース旧家

下・グラスミアの自然

一七七〇年湖水地方で生まれたワーズワースはフランス革命にも関わったりしたあと妹と帰国、一八〇〇年から八年間湖水地方のグラスミアで「ダブカッテジ」を借り詩作を中心とする生活を送った

ピーターラビットの作者ビアトリクスは晩年住んだヒルトップの農家や畑をナショナルトラストに寄付した。今も訪問者に公開されている

ホークスヘッド村の祭り

イギリス　コッツウォルズ

・水郷の藻も涼しげな昼下がり
・あめんぼう追ひて兄弟橋の下
・水番も居眠りしてる水車小屋
・親子連れ熊のテディも歓迎し
・片陰の席でスコーンをまづ頼み
・店主より鑑定依頼の陶火鉢
・藁葺きの家二三軒霧を抜け

コッツウォルズにあるスノウヒル博物館

水も花も豊かなバイブリー村

環境に恵まれたボートン・オン・ザ・ウォーター村

水車が有名なローヤー・スローター村

ブロードウェイ村の大通りには熊のテディの博物館があって親子ともどもに人気がある

緑の中でお茶を飲む場所には事欠かない

レイコック村の骨董市

チッピングカムデン村郊外の藁葺きの家屋

イギリス　マナーハウス

・踏青や庭横切ればテムズ川
・ダンケルク縁《ゆかり》のボートで川巡り
・ラベンダー伝ひ妖精千鳥足

マナーハウスとはイギリスでかつて領主の住んでいた豪華な邸宅を指すのだが、最近は領主も都市部に住み、施設はホテル経営者に委ねることが多い。貴族の老執事がロビーに現われるようなマナーハウスホテルはほとんどない。それでも建物には昔の大英帝国の栄華が残っており、手入れのよい庭園の美しさにも感動する

クリブデン・ホテル

テムズ川を走るボート

オークリーコート・ホテルの玄関

チャーリングワース・マナーホテル

イギリス　ローマ浴場

・ブリタニア風呂さへあればぬくき国

・シーザーはラインを泳ぐ技を見せ

チェスターに残るローマ軍の温泉施設

風呂の語源ＢＡＴＨは今も健在

イギリス　巨石群

・輪になりて月を崇める巨石群
・サークルは夜霧に消えて孔雀鳴く

ストーンヘンジ

ストーンサークル

イギリス　シェークスピア

・脚本を仕上げ沙翁も夜食とる
・花万朶《ばんだ》沙翁ひさびさ下り舟

シェークスピアが子供の頃通った学校

シェークスピアの故郷ストラトフォード・アポン・エーヴォンの美しい風景

イギリス　**童話**

・別荘でアリス夢見る白兎
・満月にティンカーベルと鬼ごっこ

アリスの別荘はスランドゥドノの海岸にあった

ケンジントン公園を寝ぐらにするピーターパンの像

イギリス　スコットランドの湖

・鹿狩りで道に迷ひて美女に会ふ
・伝説の怪獣ボートの波と消え
・鳥渡る君は故郷へ下の道

小説「湖上の美女」の隠れ家、カトリン湖

アーカート城のあるネス湖

イギリス一大きいローモンド湖。数多の血が流された

ヴィクトリア女王の愛したティー湖

イギリス　スコットランドの城

・マクベスの雅び心か花の城
・幽霊の足音消えて虎落笛《もがりぶえ》
・断崖の城の出口は雲の峰
・霧深く城の警備の灯が揺らぐ

マクベスの居城だったコーダー城

幽霊出没で名高いスチュワート城。今は幽霊好きの客が多い古城ホテル

丘の頂上にあって雲につながるスターリング城

スコットランドの鉄壁の防備エディンバラ城

イギリス　ハイランド・ゲーム

・一族が夏のキルトで腕自慢
・大木をぶん投げ首の汗を拭く
・男より踊りのうまい子になるの

メンジー一族のバグパイプ演奏

メンジー一族が居城出発、会場のアバーフェルディへ

メンジー一族の力自慢

少女もダンスコンテストに一生懸命

イギリス　エディンバラ

・小雪降る宮殿までの一哩
・クローズの陰にマントで隠す顔
・バーンズの曲に誘はれ蛍飛ぶ
・フィナーレで花火が軍楽元気づけ

ロイヤルマイルはエディンバラ城からホリルード宮殿までの一マイルの道で、メイン・ストリート

ロイヤルマイルのお土産店

小道（クローズ）の一つ。昔のクローズは犯罪の温床だった

地元有志の花踊り

世界から参集したバグパイプの大パレード。ミリタリー・タトゥーは「蛍の光」の演奏で終わる

イタリア　ローマ

・そよ風のスペイン階段花を買ふ
・コロッセオ満月昇り獅子吼える
・噴水で投げるコインの数競ふ
・テヴェレ川サンタンジェロ城夕涼み

スペイン階段　下・コロッセオ

観光でローマが世界から人を呼ぶようになったのは「ローマの休日」以来であるが大型画面でローマを紹介した「愛の泉」も忘れられない

「トレビの泉」。コインを投げ入れると再訪できるといわれる

サンタンジェロ城への橋

サンピエトロ寺院を望む

イタリア　ヴェネチア

・夕月夜黄金の館輝きて
・サンマルコ男の風も薫るとき
・ゴンドラの船頭陽気な春の歌

市場から「黄金の館」を望む

アドリア海の守護神サンマルコの寺院

一休みするゴンドラの船頭

歌の上手なゴンドラの船頭

イタリア　カーニバル

・石橋を渡るマスクの影二つ
・マスクつけマスクつけずにフローリアン
・冬帽子将軍貴族の風情あり

カーニバルの週末はマスクの女が町にあふれる

紳士淑女がカフェ・フローリアンに集まる

イタリア　フィレンツェ

・樽蓋に聖夜の香り聖母子像
・再生の虹を見つめるダビデ像
・建築のルネッサンスは薔薇の屋根
・金細工アルノの春の小商ひ

ラファエルの「小椅子のマドンナ」

中・ミケランジェロの「ダビデ」

フィレンツェの全景

大聖堂の建造の中でも大屋根の建築が難航したが、彫刻家から建築家に転向したブルネレスキがこれを引受け、苦労の末完成した

金細工の店が並ぶポンテ・ヴェッキオ

イタリア　ミラノ

・秋スーツデートで着こなすミラネーゼ
・青林檎ミラノの奇跡起きる朝

おしゃれなミラノの女性には男の眼がいく

ミラノのドゥオモ

イタリア　西海岸

・モンローが膝を押さへる山車《だし》人気
・ピサの塔斜めに涼しき風が吹く

ビアレッジョのパレードに登場するマリリン・モンロー

ピサの斜塔も復旧し、予約をすれば一定人数屋上に登ることができる

イタリア　チンケテッレ

・断崖に一坪あれば葡萄畑
・断崖のパステルカラーに夕化粧

チンケテッレのヴェルナッツァ村

チンケテッレ（五つの地）とは断崖のすそに並んだ五つの村を指す

チンケテッレへの入口、ポルト・ヴェネーレ村

イタリア　アレッツォの祭

・騎馬始異国の人形槍で突く
・勝利者の槍の穂先は冴返り

アレッツォの祭のパレード

騎馬試合の開始

イタリア　ポンペイとナポリ

・ポンペイの廃墟人去り星月夜
・夏ナポリ煙たなびき御用心
・南風洗濯物を通り抜け

ポンペイの遺跡
西暦七九年ヴェスビオス山が大爆発し、ポンペイの町が火山の灰に埋まった。十八世紀に発掘が始まり、今では町の大部分が復元している

祝祭行事などが行われた中央広場（フォロ）

ナポリ湾とナポリの町。彼方にはヴェスビオス山

ナポリの下町スカッパナポリ

イタリア　ローマンモザイク

・十万を一気に破る夏嵐
・シチリアに水着バレーの元祖あり
・モザイクの猛犬注意夏の夜

アレクサンダーのモザイクはポンペイの豪邸の床に敷いてあったもの。現在はナポリ国立博物館で公開

イタリア　トスカーナ

・高き塔競ひし頃の燕の巣
・トスカーナ茸と言へば白トリュフ

トスカーナ名物のトリュフ入りパスタ

イタリア　聖地アッシジ

・聖堂に光一筋薔薇の窓
・聖人は雀の子にも説教し

アッシジの聖フランチェスコ聖堂

聖キアラ教会の前で

イタリア　変わった家

・トゥルッリの簾の色を取りかへて
・長元坊マテーラの空支配する

アルベロベッロの全景

洞窟住居マテーラの全景。はやぶさが飛び回っている

イタリア　カプリ島

・夏の海これより青きものはなし
・洞窟は三日ぶりなり恵方道《えほうみち》
・ブランド店避けて通ればただの夏

カプリの表玄関

カプリの青い海

カプリ旅行の目玉は「青の洞窟」だが入り口が低いので、ちょっと海が荒れると営業中止になるのが残念

ボートで「青の洞窟」へ入る

カプリのブランド店

イタリア　映画のロケ地

・夏休暇中年女の恋遊び
・村民に映画を贈る春の夢
・夏の海素もぐり記録に命賭け
・故郷で空しく散りし冬の蝶

「旅情」のロケ地は主人公二人が出会ったサンマルコ広場のカフェ「フローリアン」。初めてのイタリアに胸ときめかすキャサリン・ヘップバーン

「ニューシネマ・パラダイス」のロケ地はパラッツォ・アドリアーノの教会

「グランブルー」のロケ地はカポ・タオルミーナ・ホテルのビーチ・レストラン

「ゴッド・ファーザー・PART3」のロケ地、パレルモ・マッシモ劇場の大階段

イタリアは元来人件費が安いことから映画のロケ地に使われたが最近になってもこの風潮はやまない。イタリアを旅行すると懐かしいシーンに出会うこともある。映画の好きな国民性が根付いているのだろう

オーストリア　ウィーンの音楽

・月光を浴びて聖堂コンサート
・礼拝堂天使の聖歌を鏡で見
・街角にツィター流れて冬ウィーン

上・ウィーンの聖ステファン寺院
右・ウィーン少年合唱団。礼拝堂で歌うが、見えない席の人は柱の鏡に映る姿を見るだけで辛抱

かつての親友ハリー・ライムの招きでウィーンを訪ねたホリー・マーチンは、美人のアンナと出会い彼女がハリーの愛人で、ハリーは闇商品を病院に売りつけるブローカーであることを知る。警察に追いつめられたハリーは地下水道に逃げ込み射殺されるが、アンナはホリーの前から去っていった（映画「第三の男」より）

上「第三の男」で有名な大観覧車
左「第三の男」のタイトル・バック

オーストリア　ハプスブルグ家

・杏入りトルテはシシーの御用達
・カイザー邸鹿の頭が整列し
・双頭の鷲が守るやシェンブルン

バートイシュルの御用達ケーキ店

フランツ・ヨーゼフ帝の別荘

母国でもハンガリーでも人気が一番だったエリザベート王妃、愛称シシー

ハプスブルグ家が誇るシェンブルン宮殿

オーストリア　チロル地方

・白馬亭支配人まで春の恋
・教会の尖塔白し霧晴れる
・カウベルの音に目覚めて草苺

ザンクト・ヴォルフガングのホテル「白馬亭」

地元で公演されたオペレッタ「白馬亭にて」

ハルシュタットの全景

カウベルを鳴らしながら山へ向う牛

オーストリア　ヴァッハウ渓谷

・シュトラウスワルツ指揮する春ドナウ
・ドナウ川教会古城葡萄畑
・獅子王も新酒欲しさに脱獄し

ウィーンにあるシュトラウスの金の像

ドナウのヴァッハウ渓谷。第三次十字軍でイギリスのリチャード三世が誘拐され捕虜となる

オーストリア　サウンドオブミュージック

・春の旅七人の子が米を撒き
・アルプスにドレミの歌が響く夏

マリアが結婚式を挙げた教会

ドレミを歌ったザルツブルグのミラベル庭園

オランダ

・月高く出発の刻夜警団
・国守る騎士の姿や風車群
・色混ぜてキューケンホフのチューリップ
・羽根動く風の便りやクレマチス
・春泥の木靴の跡や親子連れ
・夏果てぬ今日は最後のチーズ市

上・レンブラントの傑作「夜警」
右・キンデルダイクの風車群

キューケンホフ公園のチューリップ

ザーンセスカンスの風車

オランダ名物の木靴

アルクマールのチーズ市

アルクマールのチーズ市に登場するチーズ嬢

ギリシャ　アテネ

・大試験頼みはギリシャの知恵の神
・パルテノン夏の果実の香り満ち
・毒人参馬も食はぬとソクラテス
・ペリクレス熱弁奮ふ夏の夕

ギリシャの守護神アテネ

パルテノン神殿

ソクラテスが毎日議論相手を探したアテネのアゴラ跡

エレクティオン神殿は六人の少女に守られる

ギリシャ　エーゲ海

・クルーズ船プールで眺める次の島
・イドラ島左に登れば花の宿
・蝿たかる身じろぎせずに驢馬《ろば》は待ち

クルーズ船のエーゲアン・ドルフィン号

船長の挨拶

イドラ島の花の美しい宿

港ではろばが客待ち

ギリシャ　ミコノス島

・ペトロスのグルメは鰯のてんこ盛
・ミコノスは黒い影なく夕焼ける
・石灰の小道過ぎれば草青む

人気者ペリカンのペトロス君

風車の見える丘

ブルーと白のシャレたレストラン

石灰の小道が続く

ギリシャの国旗はブルーと白。クルーズ船の夕食会も
ブルーと白の服装が正装とされる日があった

ギリシャ　サントリーニ島

・夕燕フィラの町からイアの町
・夏雲の下アトランティスの消えし海

サントリーニ島の青いクーポラの教会

アトランティスはプラトンの著書に出てくる高度の文明を誇った大陸で、大地震で消滅したという。現在ではサントリーニ島の大噴火でミノア文明が崩壊したことがアトランテス文明の伝説の発祥だとする説もある

ギリシャ　ロードス島

・騎士通りベランダ越えて国言葉
・ロードス島列柱に咲く薔薇模様

ロードス島の騎士通り

ロードス島の武装した港

ギリシャ　メテオラとデルフォイ

・メテオラの岩の高きに登りけり
・メテオラの巨岩震はす稲光り
・霧湧きて巫女恍惚と口開く
・神託の解釈めぐり凍《いて》返る

アギア・トリアダ修道院も絶壁の上

岩の上に立つニコラオス修道院

神託が出るアポロン神殿

アテネの金庫に使われた建物

ギリシャ　伝説

・糸取りをもうひと巻きとテーセウス
・のどけしやいるかの笑顔壁に描き
・総大将アガメムノンの金マスク
・春駒も天馬となりて空駆ける

クノッソス宮殿の廃墟

クノッソス宮殿のいるかの壁画

金のリンゴをめぐって三女神が争ったとき、審判役になったトロイのパリス王子は、アフロディテが、最も美しい女性をお礼に送ると約束したのに応じ、メネラーオスの王妃ヘレンを獲得した。ギリシャ諸国は、メネラーオスの兄アガメムノンを総大将にして、遠征軍を送ったが、十年目にようやくトロイを陥落させた。しかし、アガメムノンは妻の愛人に殺され、メネラーオスは妻を取り戻したが帰国に八年を要した

アテネ博物館の「少年の騎手」

アテネ博物館の「アガメムノンの金のマスク」はシュリーマンが発掘したものだが、現在は否定説が多い

クロアチア　ドブロヴニク

・城壁を二回りして海の汗
・内戦の傷跡消して風光る
・断崖のカフェー二人でシャーベット
・青い空城壁越えてシャボン玉

ドブロヴニクの衛兵交替

ドブロヴニクの復興なった本通り

ドブロヴニクの崖にはみ出したカフェ

ドブロヴニクの丘の上から町を展望する

ドブロヴニクの海水浴場

ドブロヴニクのヨット・ハーバー

クロアチア　プーラ

・少女らがローマ遺跡の道をしへ
・二千年今なほ夏の夜コンサート

親切な女の子達

プーラのコロッセオ。会場ぎっしりの椅子

スイス　鉄道

・使節団ケーブルカーの旅始
・陸《おか》蒸気ロートホルンへ山登り
・空高しゴルナーグラート展望台
・谷に虹空に鉄路の名所図会

右・ロートホルン鉄道の機関車
上・リギ鉄道が一八七三年開通したとき、スイスに滞在中の岩倉使節団が落成式に招かれた

ゴールナーグラート展望台への鉄道

氷河特急がランドヴァッサー橋からトンネルに入るところ

スイス　名峰

・展望がいつか登山の気になりて

・尖峯の先の先まで霧晴れよ

・ウインパーの写真も拝み登山客

・山笑ふアイガー・メンヒ・ユングフラウ

ツェルマットでは電気自動車でエコ対策

ゴルナーグラート展望台からのマッターホルン

ウインパーの写真が残るホテル・モンテローザの特別室

ミューレン三名峰（アイガー、メンヒ、ユングフラウ）を眼前に眺める

スイス　牧場の子

・草青む飛び跳ねながら登る子ら
・草若葉牛の食ひ気も今盛ん
・ハイジ像膝に団栗二つ三つ
・葡萄畑ペーターハイジのかくれんぼ

ハイジの家のそばで

「ハイジ」はスイスの作家ヨハンナ・シュピリが書いた物語。アルプスの精のようなハイジがまわりの人の心を優しく明るくしていく話に世界中の人が親しんでいる

マイエンフェルトのハイジの像

マイエンフェルトの葡萄畑

スイス　春のスイス

・マーモット春の風にも石となり
・地虫出づセガンティーニの絵描き小屋

マーモットの公園

セガンティーニの「アルプスの朝」

スイス　ウルスリの鈴

・ウルスリの鈴が響けば雪積もる
・日向ぼこスグラフィッティ家自慢

☆童話「ウルスリの鈴」
鈴祭の前日ウルスリはお婆さんの山小屋に登って大きなカウベルを見つけました。ウルスリは祭りの行列で一位になって大喜びです

外壁をスグラフィッティで装飾したグァルダ村の家々

スイス　ライン上流

・爽やかや童画と自然の競ひ合ひ
・夏の旅アルペンホルンの合奏会
・フレスコ画続く街並風光る
・騎士の家金牛の家も片陰に
・昼下がりラインの滝の水しぶき

アッペンツェルの童画

アッペンツェル郊外の美しい自然

アッペンツェルでのアルペンホルン合奏会

シュタインアムラインの街を飾るフレスコ画

シャフハウゼンの金牛の家

シャフハウゼンの騎士の家

ドイツとの国境に近いラインの滝

スイス　ルッツェルン

・傷舐める獅子の涙か星月夜
・カペル橋最古の木橋花化粧

右・ルッツェルンのカペル橋
上・ルッツェルンのライオン碑。フランス革命の時、王宮を死守したスイス傭兵の勇気を記念するもの

スイス　レマン湖

・冬眠もせずに顔出す熊時計
・レマン湖も暑いですねとチャップリン
・バイロンは湖上のヨットで恋の詩

右・レマン湖のチャップリンの像
上・ベルンの仕掛時計

ベルンの旧市街の景観

レマン湖のシオン城

スウェーデン ストックホルム

・ノーベル賞偉人の伝記で夏終わる
・受賞者と同じメニューで爽やかに
・受賞者と同じフロアで踊りたい

市庁舎の全景

市庁舎の一階フロアでノーベル賞の晩餐会が行われる

市庁舎の屋上から旧市街を見る

港に停泊するヴァイキング型の船

衛兵交替式

スウェーデン　夏至祭

夏至祭にルーン文字碑で壁修理

夏至祭のポール消え行く青い空

夏至祭に揃ひの衣裳親も子も

櫂《かい》捌《さば》きさすがなボートクルージング

上・近所の教会の壁修理
左・いよいよポールスタンディング

ポールスタンディングが終ってダンス

ヴァイキングのように巧みなボートクルージング

スペイン　王女

・春の山越えて王女の絵は旅し
・マルガリタ近ごろ扇で顔隠し

スペインのマルガリタ王女（ヴェラスケス画）。お見合い用の絵としてハプスブルグ家に送られた

右・官女たち（ヴェラスケス画）

スペイン　闘牛士

・マタドール花束受けて怜悧の目
・夕茜長き陰引く闘牛場

スペイン　ラマンチャ

・サンチョ連れいざ旅立ちの春ねむし
・夜長し荒野の宿で騎士の式
・老騎士はエコの風車に腰ぬかし
・宙吊りの家ブランコに乗るごとし

マドリッド「スペイン広場」にあるドン・キホーテの像

ドン・キホーテが騎士の式を終えた
プエルト・ラピセの旅籠

コンスエグラの風車の丘

カンポデ・クリプターナの風車の丘

カンポデ・クリプターナのレストラン

エルトボソでついにドルシネア姫と会ったドン・キホーテ

クエンカの宙吊りのレストラン

スペイン　セビリヤ

・神怒るエルドラドへの道をしへ
・黄金が吹き溜まり行く南風
・ヒラルダに登りカルメン新煙草

黄金の塔

ヒラルダの塔

かつてカルメンのような女性が大勢働いていたタバコ工場も、今ではセビリア大学になっており壁の絵タイルが工場のころを思い起こさせるだけである
むしろ四月祭に集まる女性たちにカルメンの面影が偲ばれよう

スペイン　グラナダ

・鳩数羽獅子の泉に遊びをり
・庭流る水の音にもネヴァダ雪
・土旬ふサクラモンテのフラメンコ

アルハンブラ宮の全景

アルハンブラのライオンの庭

アルハンブラのアラヤネスのパティオ

下・アルハンブラのヘネラリフェの庭園

サクラモンテのフラメンコ

スペイン　コルドヴァ

・カンテラがキリスト照らす朧月
・オレンジの香りが届くメスキータ
・ユダヤ街坪庭埋める花盛り

コルドヴァのカンテラのキリスト

コルドヴァのメスキータ

サンタ・クロスのユダヤ人街

美しい中庭

コルドヴァではメスキータを見たあと、ユダヤ人街の花の小路をぶらつきたい。花木の小鉢が窓や中庭に整然と並べられている。この程度の坪庭なら日本でもできなくはないが、手間暇の掛け方が違うのだろう

スペイン　北部

・サンチャゴにレコンキスタの星流れ
・サンチャゴの希望の丘で青を踏む
・レオンでは遍路の宿が五つ星
・サラマンカ門に止まりし蛙鳴く

レオン方面から来た巡礼者たちは希望の丘で初めて大聖堂の姿を遠望できる。仲間同士で握手したり感動の一瞬である

十二使徒の一人聖ヤコブは九世紀の初め、北スペインで遺体が発見された。この地サンチャゴ・デコンポステーラに聖堂を建設して以来、聖ヤコブは、しばしばレコンキスタ（国土回復運動）の援護に姿を現わし、キリスト教の守護聖人とされるとともに、コンポステーラは世界三大聖地の一つとなった。パラドールとはスペインの国営ホテルのこと。とくにサンチャゴとレオンのものが名高い

右・サラマンカ大学の正門
上・レオンのパラドール

スペイン　中部

・こうの鳥廃墟の塔で日向ぼこ

・水道橋登山電車と間違ふ子

・冴返るエスコリアルの礼拝堂

・東西の知恵をトレドで更衣《ころもがえ》

・闘牛は教会テラスの立ち見席

アビラのこうの鳥の巣

下・セゴビアの水道橋

エル・エスコリアル宮

トレドの全景

エル・グレコはギリシャ・クレタ島出身の画家。スペインへ渡り、トレドを中心に活動したが、独特の肉体表現が知識人には支持を受けた反面王室の支持を得られなかった

グレコの描いた当時のトレドの全景

夏には闘牛が行われるチンチョンの広場

スペイン　バルセロナ

・空高しその雲の果て大聖堂
・ガウディが花咲爺さんバルセロナ
・アパートの模様に化けた蛇蜥蜴《とかげ》
・ドメネクの評判高し石榴塔《ざくろとう》
・フラメンコ踊りも粋なカタルーニャ

上・ガウディのサグラダ・ファミリア教会

ガウディの設計したバルセロナのアパート

素材を大胆に使いモデルニスモ建築様式を確立していった建築家たち。その代表はガウディであるが、バルセロナで彼と並んで運動の中心となったドメネクは、代表作品としてサン・パウ病院を残している

下・バルセロナのレストランでフラメンコショウを見る

左・ドメネクのサン・パウ病院

スペイン

アンダルシア

・夏の夕風を呼び込む白き町

・岩山にロンダの町の蜃気楼

・向日葵を一山越えて古城かな

・シエスタの門扉閉じれば黙《もだ》の町

ミハスの土産店

ミハスでもっとも美しい坂道

岩山の上に立つロンダ

アンダルシアのひまわり畑

谷間を埋めるカサーレスの白い家屋

アルコス・デラ・フロンテーラの昼寝時（シエスタ）

スペイン　マヨルカ

・パラソルの陰からのぞく細き指
・雨だれの音止まずして薔薇萎《しぼ》む
・鍾乳洞ボートのトリオがショパン弾き

ホテル・ゾンビータのプールサイド

ショパンとジョルジュ・サンドが過ごしたバルデモッサ

二人の部屋と肖像

スロベニア　ブレッド湖とピラン

・幸せの鐘鳴り続く春小島
・鱈捌く漁師上がりのシェフ多し
・ピランにも届け魔女から夏便り

右・ピランの広場
上・アルプスの瞳ブレッド湖

スロベニアの漁港ピラン

スロベニアのピラン全景。「魔女の宅急便」の街はピランだといわれている

チェコ

・人形の差し出す手には薔薇一輪
・モルダウ川カレル橋から鴨の列
・高楼の騎士の宴に蝶が舞ふ
・狩始広場を埋めるポインター

操り人形を見せるプラハの店員

プラハのカレル橋の夕日

チェスキー・クロムロフの城と街

チェスキー・クロムロフの古い家

テルチのザハリアーシュ広場

昔の生活が残るホラショヴィッツ村

デンマーク　童話の国

・兵隊さん一列前進冬帽子
・昼食は遊覧ヨットに囲まれて
・春愁や夕陽の海で人魚姫
・屋根裏で切紙細工窓の月
・あひるの子母白鳥に話しかけ

右・ニューハウンの昼下がり
上・デンマーク王宮の衛兵交替

オーデンセのアンデルセン博物館

コペンハーゲンにある人魚姫の像

屋根裏のアンデルセン

オーデンセのレストラン「みにくいあひるの子」

アンデルセンは、デンマークの代表的童話作家。オーデンセで生まれ、「即興詩人」で評判になり、その後多くの童話を発表した。

「みにくいあひるの子」はひな鳥の時からいじめられた主人公が、ある日池に行くと、水面に白い鳥が映り、自分が白鳥だったことに気がつく

デンマーク　エーロスキュービン

・童話から抜け出た町も片陰に
・自転車の並ぶ通りや立葵

デンマーク　城

・あるべきかあらざるべきか冬の濤
・池巡る城に日陰る速さかな
・順番に鹿が顔出す城の午後

「ハムレット」の舞台、クロンボー城

周囲の池が美しい
フレデリックスボー城

庭園が広く鹿も飛び回っている
イーエスコー城

ドイツ　戦争

・ドレスデン瓦礫の中に赤のまま
・ベルリンの壁が崩れて東風《こち》渡る

ドレスデンの修復は着実に進んでいる

ベルリンも面目一新の首都になりつつある

ドイツ　メルヘン街道

・夕霞音楽隊もひと休み
・笛吹の男が消えて山眠る
・薬喰《くすりぐい》鉄鬚博士が処方をし
・耳袋しないとばあちゃん聞こえすぎ
・大砲の弾に乗っかり春疾風

右・ハーメルンの笛吹男。週末町で劇が行われる
上・ブレーメン音楽隊の像

ハンミュンデンの
インチキ医者
鉄ひげ博士

アルスフェルトの
赤ずきんちゃんの泉

ボーデンヴェルダーの
ほら吹き男爵の泉

ドイツ　ロマンチック街道

・酒うまきローテンブルグ花づくし
・窓ひとつ残して満開ゼラニュウム
・ハール城二匹の驢馬《ろば》で水守る
・聖杯の騎士が訪ねし冬の城
・ワグナーの浪漫の調べ星明り

ローテンブルグの通り

窓の花が歓迎してくれるホテル

花の街といわれるディンケルスビュール

ハールブルグの城

ノイシュヴァンシュタイン城。ルートヴィヒの建造した城では一番評判が高い

ヴェルサイユを模したリンダーホーフ城

「ローエングリン」の舞台が再現された洞窟

ドイツ　古城街道

・花吹雪学生王子の散歩道
・城うららニュルンベルグのカラオケ会
・紋白蝶通行税の船チェック
・川狩の親子の舟やベニス地区
・ニンフェン城白鳥堀に出迎へる

ハイデルベルクの城跡

ニュルンベルグ城

ヒルシュホルン城

ドイツ・バンベルグの小ベニス地区には
今もこの川で生業している漁師がいる

白鳥が出迎え、鹿にも会えるニンフェンベルグ城

ドイツ　中部

・母ドナウ初旅の子に東指す
・花の園ドナウベルトの乙女像
・町中に疎水が流れ水遊び

ドナウの源泉には候補が他にもあるが、ここが一番美しい

ドナウベルトでは乙女になったドナウ娘が花壇の中で出迎える

フライブルグは松山市と姉妹都市であり、環境対策にも力をいれている

ドイツ

マイナウ島

・孔雀さへ歩く花かとマイナウ島
・白鳥がコンスタンツから出迎へに
・マイナウ島野におかれたるチューリップ

マイナウ島は花の島。夢の世界のようなカラフルな花

ノルウェー　芸術仲間

・イプセンが冬帽忘れし溜り場所
・グリークの名曲生まれる昼寝起
・叫んだか叫ばれたるかムンクに蚊

イプセンがカフェに忘れた帽子と杖

グリークの像

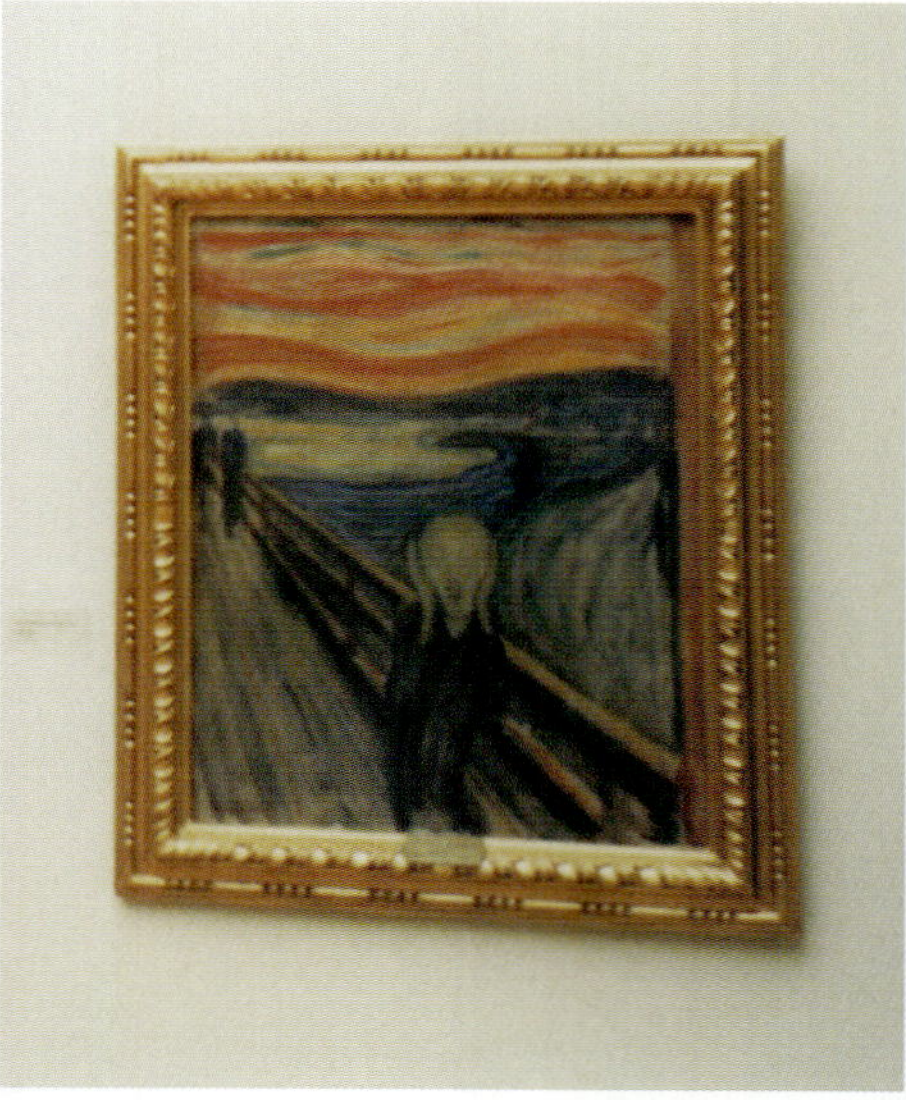

ノルウェー国立美術館にあるムンクの「叫び」

ノルウェー　オスロ

・霧深し魔法の針は何処を指す
・ヴァイキングオスロの村で鍬始
・春の種芽生える夢や平和賞

ヴァイキング博物館

ノーベル平和賞はオスロの市庁舎で授与される

ノルウェー　ベルゲン

・ゆりかもめハンザの家並高く越ゆ
・空き倉庫梁の軋《きし》みで虎落笛《もかりぶえ》
・ベルゲンの登山電車で大展望

古い木組がはみ出している倉庫

カラフルな木造建物が並んでいるベルゲン埠頭

古い建物を描く人

山の上から見るベルゲンの美しい風景

ノルウェー　フィヨルド

・朝曇フィヨルドの村動き出す
・フィヨルドで別れ惜しめば鳥渡る

ソグネ・フィヨルドの村

ソグネ・フィヨルド

ハンガリー

・冬鴎ブダとペストのシャトル便
・橋もあり通りもありてシシーの忌
・風薫るドナウ悠々曲がり角

ブダペストの鎖橋

ハンガリー人自慢の国会議事堂

ドナウ・ベントと呼ばれるドナウ川の大きな曲がり角

フィンランド

・大型船集まる埠頭で鰊売り
・船夕餉スモーガスボードで鱈づくし
・森を抜けムーミン谷でクリスマス
・大鷲と闘ひ「カレワラ」ウラル越え

ヘルシンキからストックホルムへは一泊旅行

早速スモーガスボード（ヴァイキング料理）で夕食

大型船に混じって魚売り

自然が美しいアウランコのリゾート

民族叙事詩「カレワラ」はカッレラの絵画で有名

フランス　巴里

・巴里近く巴里祭遠くなりにけり

・ジャポニズムシャンソン歌手も赤マフラー

・花弁散りなほ向日葵のジャポニズム

ロートレックと親しかった歌手のブリュアン

ロートレックが入りびたった「ムーランルージュ」は今も毎夜華やかなショウを上演している。舞台にはロートレックのそっくりさんも出てきて喝采を浴びる

ゴッホの向日葵

アルルの公園にあるゴッホの像

フランス・ジャポニズムのきっかけは一八六七年のパリ万博に日本館が出展されたことである。

パリの画家の間に熱狂的な支持がおこり、とくにロートレックやゴッホなどは、自分の絵の中に、ジャポニズムを取り入れていった

フランス　モンサンミッシェル

・大聖堂沖に妖しき鱗雲
・聖歌聞く列柱の間も古戦場
・特大のオムレツ食へば鳰《にほ》が鳴く

荷物運搬用のリフトも巨大

モンサンミッシェル名物メールプラール特大オムレツ

中心的なコックが、私たちの部屋のボーイも兼ねていたので、一生懸命オムレツの泡立てを演じてくれた

フランス　ヴェルサイユ

・ヴェルサイユアントワネットの薔薇の日々
・花疲れヴェルサイユの庭広すぎて

ヴェルサイユを自ら建造し、その竣工後これを最も有効に使ったのは他ならぬルイ十四世であろう。しかし世間一般ではヴェルサイユに最も相応しく、大宮殿の庭に咲く薔薇のように華やかな生涯を送ったマリー・アントワネットの姿が浮かぶ。政治的な陰謀や策略がなかったとしたら、彼女は平凡な王妃として歴史に名が残らなかったかもしれない

花で一杯の庭園

ヴェルサイユの鏡の間

フランス　ロワール地方

・シュノンソー橋の回廊春宴
・シャンボール獲物数へる狩の友
・ヴィランドリー貴婦人たちの花巡り
・ダヴィンチの終の棲家に蝶も舞ひ

上・多くの女性がその所有をめぐって動いたシュノンソー城
右・ヴェルサイユが出来るまで最も活動的な場だったシャンボール城

庭に百花のヴィランドリー城

クロ・リュッセの館

ローマやミラノで多忙な生活を送ったダヴィンチは、一五一六年フランス王フランソワ一世の招きでフランスへ旅し、クロ・リュッセの館で余生を送った。一五一九年死去

フランス　中部

・町中が中世衣裳鳥祭
・鳥祭弓のロビンも選ばれる
・サンチャゴへ巡礼の手に夏帽子
・牢獄の小窓に映る小白鳥
・回廊の片陰伝ひ少女消ゆ

ルピュイの鳥祭の大行進

アヌシーの牢獄

サンチャゴ巡礼の出発地ヴェズレー寺院

リヨンの旧市街。絹織物の産地のため、織物が雨でぬれないよう回廊が通路となっている

フランス　カンヌ

・パラソルがセレブを隠す白き浜
・映画祭スターに混じり遠花火
・ブイヤベースそれなり小ぶりなロブスター

カンヌの浜辺

カンヌの花火大会

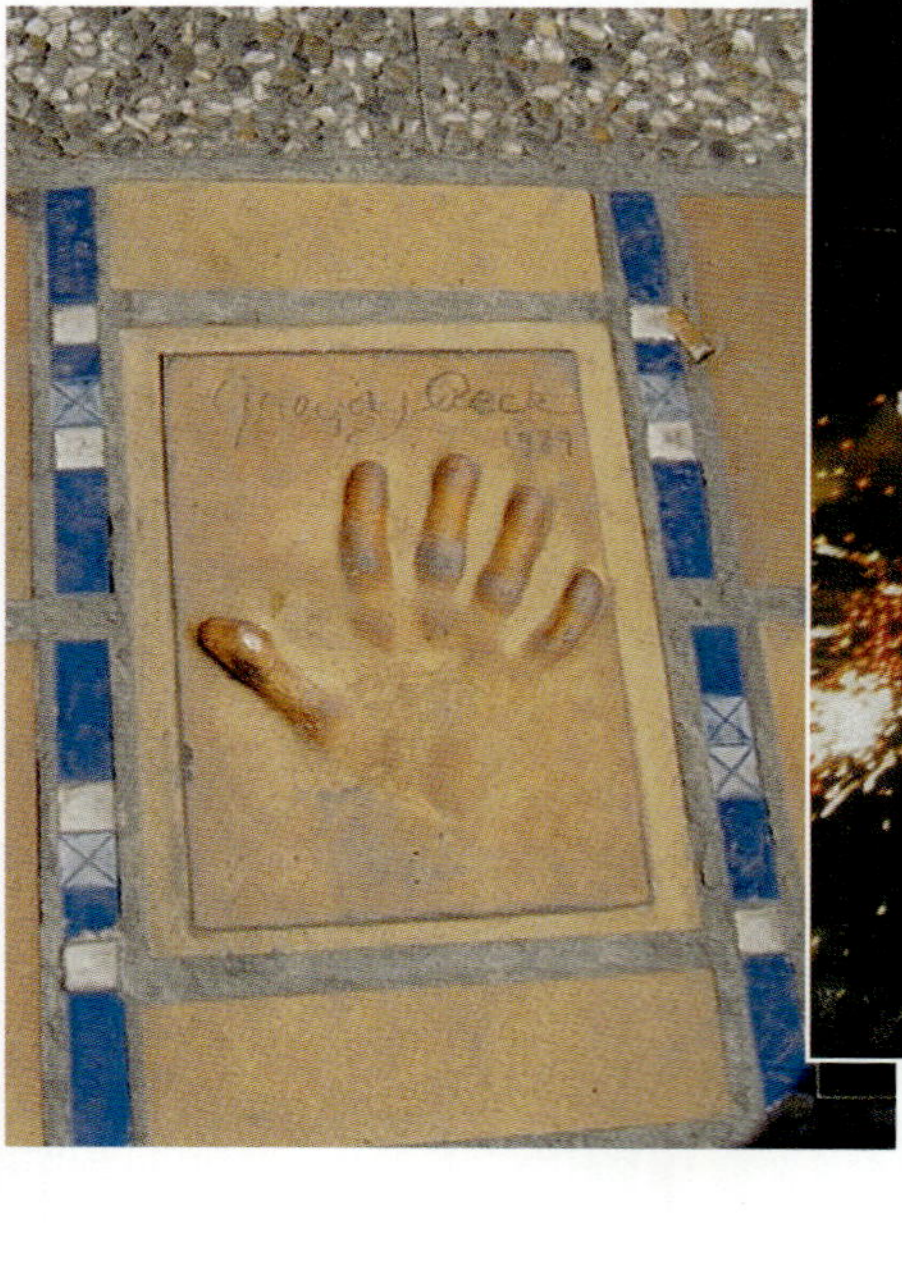

グレゴリーペックの手型

カンヌのレストランのブイヤベース

カンヌらしい華やかなレストラン

フランス　カーニバル

・エジプトの女王くすぐる紙吹雪
・花合戦美女がミモザを空へ撒き

ニースのカーニバル、光のパレード

ニースのカーニバル、ミモザの花合戦

フランス　鷲の巣村

・七曲り登りて香る夏の海
・城壁に日傘も通れぬホテル口
・画家の絵は軒端に揺れる瓜の花

地中海をイスラムの海賊が荒し回ったころ、沿岸の住民は、丘を越えて、鷲の巣のような地形に村を移した。今でも鷲の巣村と呼ばれる

ホテルの狭い出入口

画家の集うサン・ポール

フランス　プロヴァンス

・骨董の露天賑ひ水涼し
・水道橋源遠し水温む
・若葉背にペタンクする人口達者
・緑陰にセレブが集ひ旅話
・風車小屋村の噂をエッセイに
・旅土産バッグの中の蝉時雨

プロバンスのベニスといわれるリール・シュル・ラ・ソルグ

南仏にあるローマ時代の水道橋・ポン・デュ・ガール

カーリングとゲートボールを足したようなスポーツ「ペタンク」。フランス人は大好きだ

プロヴァンス一の景観を誇る村ゴルド。有名人の別荘地でもある

ドーデー作「風車小屋だより」の舞台になったプロヴァンスの風車

プロヴァンスで人気の蝉の置物

風車小屋はとても居心地がいい！
これこそ実に私の求めていた土地、
新聞や馬車や霧から千里も離れた
香りのよい暖かな片ほとりなのだ！

フランス 南部

・大平原カルカッソンヌの月明り
・二重堀夜廻りをする兵士達
・皇帝の展覧試合に冴返る

右・オランジュのローマ劇場。
アウグストス（八月）の像がある
上・カルカッソンヌ城正面

フランス　アヴィニヨンとアルル

・法王の休暇明けまで七十年
・橋の上挨拶抜きでまた踊る
・大鍋でパエリア作るカーニバル
・牛祭アルルの男の腕の冴え

アヴィニヨンの法皇庁

童謡で名高いアヴィニヨンの橋。半分壊れたまま

祭の日にはこんなに大きな鍋でパエリアを作る。ゴッホが絵に残したカフェがここ

アルルのカーニバルで目玉となるのが牛追いである。子どもは卵をぶつけ合う

ベルギー　ブリュッセル

・春うららグランパラスの王の家
・石畳広場半分花の鉢
・春愁やグランパラスも陰に入り
・ワッフルに林檎のジャムとショコラ載せ
・幸せの英雄今日も御身拭
・贈られし春着のパンツ小僧はく

グラン・パラスの王の家

グラン・パラスのギルドハウス

右下・触れると幸せになるセルクラース像
左下・小便小僧は衣装持ち
左・グラン・パラスのワッフル

ベルギー　ブルージュ

・カリヨンにレース編む人手を休め
・運河沿い柳が風呼ぶレストラン
・万緑の運河を抜けてダムの街
・ファンアイク胡桃《くるみ》油で新画法

ブルージュは手編みレースで有名な町

右端の白い建物がレストラン

ブルージュからダムの町まで約三十分の船旅だが
緑の中を走る船は気持ちがいい

ゲントの教会にあるファン・アイク兄弟の
大作「神秘の子羊」

ポルトガル　大航海

・霧去りて白い肢体のベレンの塔
・エンリケがはったと睨む夏の海
・台風にマヌエル様式網固し
・陸終る西の果てなり野水仙

大航海時代の象徴ベレンの塔

エンリケ航海王子が先頭を切る「発見のモニュメント」

トマールの寺院にあるマヌエル様式で飾った大窓

日本に初めて到達したヨーロッパ人は、種子島で船が難破した三人のポルトガル人で、一五四三年のことといわれる。彼らが地元民に伝えた鉄砲の技術は、急速に大名間に広がり、戦国時代への準備が整えられることになった。しかし南蛮貿易を担っていたポルトガルは、キリスト旧教とセットになった植民地戦略が露骨であったため、次第にイギリスやオランダにとって代わられることになる

西の果てロカ岬

ポルトガル 地方

・ドウロ川新酒を詰めし帰り舟
・城壁を歩く王妃や雲の峰
・鰯焼く煙やナザレの裏通り
・焼栗の香りに集ふ人多し
・煙突で臣下に知らせる狩料理

ドウロ川とワイン舟

ポルトガル一美しい町といわれたオビドスは歴代王妃の直轄地とされた

右・シントラ宮殿と肉料理の煙突
右上・ナザレの鰯焼き
上・ポルトガル名物の焼栗

マルタ

・大包囲砲火あまねく蚯蚓《みみず》鳴く
・騎士団の鎧にあふれる塩の汗
・炎天も騎士はノーブレスオブリージュ
・冬茜一人酒酌むカラバッジオ

要害堅固の城塞が外敵を防ぐ

聖エルモ砦で敵を待ち受ける騎士

マルタ最大の危機は一五六五年のオスマン・トルコによる「大包囲」だった。四ヵ月にわたる死闘の末トルコ軍を撤退させ、地中海をキリスト教国によって守った

中世パレードは聖エルモ砦で定期的に行われる華やかなショウである

ノーブレスオブリージュ＝高い身分に伴う道徳上の義務

傷害で逃亡中のイタリアの画家カラバッジオはマルタに立ちより、わずかの期間だが数枚の作品を残した。中でも「聖ヒエロニムス」は有名である

モナコ

・春モナコグレース王妃のあの笑窪

モナコ公国の衛兵交替式と王妃

リヒテンシュタイン

・グルメには葡萄の畑のレストラン

リヒテンシュタイン城と王家の葡萄畑

ルクセンブルク

・陽炎のアドルフ橋見る尼三人

ルクセンブルクのアドルフ橋

さて、ヨーロッパで忘れてならないのは明治六年から二年掛りで、文明国の視察を果たした岩倉使節団と報告書たる「米欧回覧実記」である。

私にとっても座右の書になった。

ここで岩倉具視団長、伊藤博文副団長に感謝の意を込めて下手な句を贈りたい。

・岩倉公小さな国に虫眼鏡

・伊藤公氷菓を舐めてデリーシャス

著者略歴

大塚《おおつか》 秀夫《ひでお》

昭和十二年（一九三七年）神戸市生まれ
サラリーマン生活を経てエッセイストに。
著作に『ヨーロッパ素敵な旅』『イタリア・ツアー物語』他がある。

俳句でヨーロッパ

2011年2月2日　初版発行

著者
大塚秀夫

発行・発売
創英社／三省堂書店
〒101-0051　東京都千代田区神田神保町1-1
Tel：03-3291-2295　Fax：03-3292-7687

印刷／製本
三省堂印刷

ISBN978-4-88142-511-4 C0092